세상에 지는 꽃은 없다

지혜사랑 283

세상에 지는 꽃은 없다

김병수 시집

지혜

시인의 말

한 순간
게걸음의 세월이었다
세상의 속살이
뻘밭에 넘쳐흘렀다
소생의 첫걸음
모난 점 하나
틔우고 살았다
아스팔트에 뿌려지는 운명이나
이 시대의
화석이 되기를 꿈꾼다

2023년 겨울
김병수

차례

1부 5 그램

2부 상선은 약수다

3부 세상에 지는 꽃은 없다

4부　나는 패배하고 싶다

• 일러두기

　페이지의 첫줄이 연과 연 사이의 띄어쓰기 줄에 해당할 경우 >로
표시합니다.

1부
5 그램

5 그램

온난화의 시대다
시베리아의 가슴에 생매장되었던
유령들이 배회한다
갈지자로 휘청대는 아스팔트
새들은 허공 속 틈새를 찾아 헤맨다
그러나 후진을 모르는 쳇바퀴
골목의 모가지를 비틀고
하룻강아지 방어선을 뚫는다
드디어 마주하는
천근만근의 5 그램과 5 그램
휴, 오늘은 심장약 아니 먹어도 되겠다
눈가에 서린 청동 녹
녹아내리는 안도에
새들도 움츠렸던 날개를 다시 편다

개똥벌레

별에서 온 그대여
빛이 난다고 다 금은 아니다라며
나 홀로 꿀 빨고 있지는 않는지
귤화위지橘化爲枳라며
속곳 뒤집어쓰고
더 금 쥐려 눈 부라리지는 않는지
쥐방울보다도 작은 몸
사르며 울부짖는
저 개똥벌레가 진정 지상의 별이런가
냉가슴 저미는 어미의 눈물
밤하늘에 소낙비다

금수강산

꽃도 단풍도 고개 숙였다
울그락불그락 지지고 볶는 볼거리
눈 샐 틈 없는 지천에
먹거리는 두말하면 잔소리
소주잔에 걸치는 뒷담화
오도독 씹는 맛에 안주도 잊나니
세렝게티는 저리가라
이 땅이 지상 최고의 금수강산인데
호사가 겨웠나
곰 한 마리 광장출현 호외에
쓸개는 뭔 필요
발바닥 튀김이나
홈쇼핑 레시피 동이 나니
여수들만 잘사는 금수강산이 웬말이냐
곰탱이도 좀 살자
가슴팍 흘러내리는 대자보 붉다

돼지꿈

새벽 강경 장에서 떼어 온
동태바위 머리에 이고
행상 나선 엄마의 그림자를
모질게도 쥐어 잡던 육성회비에
독사도 독살할 만큼 돈독이 올랐을 터이고
볼펜 똥을 밥 삼으며
안광으로 블랙홀을 뚫어
개천에서 용났다 소리도 들었으니
이제는 팔자를 고쳐
고래등에 떵떵대며 살 줄 알았는데
전생의 부자놀음에 물렸는지
돈맛을 못 봐서 그런지
돈 몰라야 행복하다는 것인지
돈이 미쳐 돌아버리도록 돈맹으로 사는 지라
아이구 내 팔자야
끼니 하나 굶고 돼지꿈을 사야하는가
오늘도 가난 홀로 비가다

거리가 존재다

꽃은 눈 녹는 곳에서 피어나고
까마득하여 별이다
우리는 하나다 핏대는
살얼음 빙판
꿈의 뿌리를 불태운다
거리를 두시라
그대 아닌 것들과
숨죽이는 아픔이 절뚝이는 곳까지
더 멀리 거리를 두시라
그대 자신과는
낮달의 허기가 잠이 드는 그날까지
지푸라기 순간이라도
존재하는 것들은 다 거리를 둔 덕분
거리가 존재다

그림자

이 보다 외로운 신세 있으랴
해마다 우주 탐방 다녀오고
월에 한 번은 달 타령
주말엔 걸어서 세계 속으로
날마다 퇴근하면 여섯시 내 고향까지
시계가 발병 나고
기억조차 몸살이 나도록
멋보고 맛보며 쏘다녔으면서도
가늠 없는 스케줄에
오늘도 제 눈에 밟히는 그림자

광어

어둠의 땅으로 나섰다
간구하는 영혼의 가녀린 떨림에
장렬한 순교의 꿈으로

용왕궁의 와불이다
두 손에 두 눈 가지런 모은
번뇌는 한 획의 물결조차 없다

광어 눈을 감는다
이놈이 광어냐 도다리냐 칼춤 뿐
해인海印 물음 없는 인간에

고요한 밤 거룩한 밤

별 보다 말 많은 시대
고요하고 거룩한 밤이 있겠냐마는
고요와 거룩이라는 말마저
죽어 묻힌 이 땅
성탄의 은총도 길 잃고 헤매나니
말이라도 소생을
가녀린 촛불로 밝히는
구겨 버려진 오선지의 목청
고요한 밤 거룩한 밤 어둠에 묻힌 밤
가슴 시리고 시렸나
창가의 별들 글썽글썽 이다

때

대낮에 보면
세상에 못난 놈은 없다
잘 안 나가는 때가 있을 뿐이다

노을에 보면
세상에 잘난 놈은 없다
잘 나가는 때가 있을 뿐이다

다투지 마라
모두가 다 때의 그림자
제 빛으로 빛나는 놈은 없다

나는 충무로가 좋다

길도 제 길 헤매는 골목
꺽다리 짱다리 빌딩
눈 틈새 다투는 간판
나는 충무로가 좋다
설계가 없어서 좋다

썰고 다듬는 칼 가락
윤전기의 노동요
앞뒤 치대는 삼발이 경적
나는 충무로가 좋다
악보가 없어서 좋다

반값에, 한 평 커피
포장마차는 아침부터
눈비 모른다 과일 리어카
나는 충무로가 좋다
영화映畫가 없어서 좋다

하루가 운명
탓도 탓할 새도 없다
제 눈물 제 꿈으로 그려 나가는
나는 충무로가 좋다
오늘도 살아있어 감사하다

느티나무

네 꿈이 무어냐
그 분이 꼭 하나 들어주신다면
인간으로 났으니
다음 생에는 인간만큼은 면해달라고
간절히 빌고 싶다
신화 속 캐스팅은 엑스트라도 언감이고
사슴의 눈망울도
설중의 동백꽃도 분수 밖
등허리 굽는 날까지
나그네 길 밝히는 등대
푸르른 샘터 되는
동구 밖 느티나무 되고 싶다

연

손가락 긋지 마시라
겨울가지에 떠는 꼴이라고
눈물짓지 마시라
묻히지도 못할 죽음이라고
지축이라 하여도
신이라 하여도
매달리는 것은 존재가 아니다

한 순간만이라도
자유로 살리라
그는 찬바람 허공 속
탯줄을 끊었다
식어버린 심장을 깨우는
장렬한 전사의 꿈
오늘도 몸부림이다

꿈꾸지 마세요

꿈꾸지 마세요
눈알 베는 살얼음에도
파문 모르는 꽃망울이 봄이랍니다
등뼈 녹이는 불볕에도
갈증 모르는 황톳길이 여름이랍니다

꿈꾸지 마세요
넘실대는 미련에도
날개 잊은 낙엽이 가을이랍니다
금빛 나는 영광에도
운명 아는 초신성이 겨울이랍니다

꿈꾸지 마세요
포구 떠나는 종이배의 풋사랑이
오직 사랑이듯이
순간이나마 꿈 모르는
제 빛깔이 오직 꿈이랍니다

행복

사는 것이 감옥같다
천지사방 뻐꾸기 웁니다만
탈옥은 꿈도 꾸지 마시오라
담 너머는 또 하나의 감옥이랍니다
진정 행복을 꿈꾸신다면
지금 사는 감옥에
그대만의 자물쇠와 열쇠가 있는
또 하나 감옥을 지으시오라
죙일 뻘밭을 헤맨다 해도
밤이 되면 별 하나
그대 가슴에 고요히 피어나는

말

꽃도 별도 사라졌다
간도 아니 보는, 상처에 소금 붓는
내편은 똥이라도 핥아대는 말들에
씹고 곱씹으시라
칼보다 벼리고
지우개 보다 독한 것이 말
어금니에서 피어나는 말만이 말이다
곱씹은 기적의 그날에
눈뜨면 꽃이 되고
눈감으면 별이 되는
그대, 세상의 하얀나비 되리라

쌀의 애사

자투리 한 평도 놀리지 말자
야산은 깎아서라도
소주밀식小株密植하자
스파게티, 칼질에 밀린 부식신세
쌀의 눈에 박히는 증산 독려 문
세상 것들이 내 귀한 줄 이제 알렸다
눈 비집고 보니
세상천지 아파트를 심는구나
새참은 짜장면 짬뽕이고
베물다 버려진 단무지 심사에
내뱉는 한마디
나는 잊어도
이 팝에 고깃국 짭조름 짠하던
그 꿈의 맛은 잊지 말지라

지방선거

난중의 난難
열정 밑천마저 동이 난 시대
꿀단지 취업 장에
핏줄 땅줄에 가오리 연줄까지 똥줄이 타니

썼다 찢었다 추천장사에
못 먹을 바에는 광을 파니 마니
이기는 게 내 편이다
제비집 뜯어오고 뜯어가기 혈안이니

또다시 신물 나는 윤회에
속이 쓰린 유권자
해 드시더라도 구토 안 날 만큼만
기표지에 엎드려 큰절이다

백운대

극락이 따로 없다
흰 구름 위
가부좌 튼 큰 바위 하나
지그시 발아래 굽어보고 있노라니
뭐가 보이는데
카메라 채근하는 울긋불긋
움켜쥐는 것은 뜬구름 한 조각이라
재수 없는 날
투덜대는 하산 길 말 걸음에
가엾다 눈물인가
애끓는 죽비인가
소낙비, 버선발로 계곡을 내달려간다

F를 찬양하라

사랑의 하느님도
인간의 질투는 꺾지 못했나니
F는 미완의 혁명을 완수하러 오셨다

맛집의 왕눈, 아아 비치 자랑질에
속이 좀 메스꺼워도
좋아요 잊지 말고 누르라

배알이 슬슬 꼬인다 싶으면
배꼽에 힘 꽉 주고
엄지 척 이모티콘을 보내라

좋아요, 엄지 척은 기본
달달한 댓글이 고과다
구토난다 싶을 때 댓글은 특가점이고

F를 찬양하라
나는 오늘도 그분의 시험지 메꾸며
삶의 기적을 꿈꾼다

별 다방

마우스 철조망
생이별 분단도 그지없는데
키드득 비트와 라임
식은 찻잔의
목 타는 숨결에 불화살인가
길은 없다
그대들이 걷는 길이 길이다
허나 잊지는 마라
밤하늘 저 별은
죽어서도 눈감지 못한 자들의 꿈
무덤 아닌 곳에
피는 꽃은 없다는 것을
말 없는 말이
별 없는 별 다방에
우수수 쏟아져 내린다

2부
상선은 약수다

2022. 5. 10

사람 가까이 가겠노라
왕처럼 굴던 대통령이 궁을 떠나매
밀물치는 민초들
고래가 헤엄치는 기와집에
첩첩의 산해진미 향내
애간장 녹이는 춤사위 속
은밀한 모략과 복수의 쾌감까지
왕이 꿈이 아닌지라
잔도 없는 한 잔 술에 지화자니
소생하던 민주주의 허리 숨을 쏟는다
그래도 아서라
허튼 꿈이라도 꿀 수 있는 땅이
민주주의 아니런가
늙은 파수꾼 그를 부둥켜 세운다

동백

꽃이 피어서만 봄이더냐
죽어서도 봄이다
장렬한 죽음이야말로 진짜 봄이다
죽지도 아니하는
오직 봄으로 죽어가는 꽃에는
죽음의 봄뿐이다
새날을 꿈꾸는 이여
동백을 보라
떨어진 눈밭 그 자리
개벽의 봄 찬란히 꽃피어 오려니

당구풍월

조석 문안드리고
외출 다녀오시면 동구 밖 맞이
심심치 않으시게 때론 재롱도
내 밥상머리 모범에도
늙은 어미애비 떠넘기기 싸움질에
돈 떨어졌다 싶으면
세상 다 그래요 탁로소 보내고
코빼기 월수도 감지덕지
삭은 정
데우기도 전에 흘리는 눈길이라
당구풍월堂狗風月도 무색하구나
낳고 기른 제 부모에게도 이러니
피붙이도 아닌 나는
수틀리면 당장 팽이려니
개자식 하나 없는 내 설움이여

놈놈놈

걷는 놈 위에 뛰는 놈이라
가랑이 찢어보고
뛰는 놈 위에 나는 놈이라
어깻죽지마저 찢어 날뛰던 놈이
살다보니
총보다 무서운 것이 눈총
기는 놈이 장땡이라
늦게 배운 도둑질
혓바닥 닳도록 기어가노라니
아뿔싸
노는 듯 쉬는 듯 제 걸음 걷는 놈이
제일 멀리 가더라

조사

신은 죽었다
초인이 되자 부르짖던 그가
정신병동 난간에서 죽은 지 오래거늘
나는 초인이다
나만이 초인이다 쌈박질에
오늘도 부고장 미어터지는구나

우주가 언제 어떻게 생겼는지
제 조상이 누구이고
지금 가는 길의 끝이 어디인지
손금 보듯 아는
이름도 영명한
사피엔스의 사피엔스들이여

어찌 이리도
어수룩하지 아니하게 어리숙한가
바보 중의 상 바보
이제는 죽어서도 비목 하나 없구나
눈물로 쓰는 연꽃의 조사
말없는 파란이다

상선은 약수다

물처럼 굽이굽이 돌아가라고
바람처럼 너울너울 사르라고
다들 그렇게들 사노라고
세상은 말하는 데
여린 싹 하나
벼랑길 이고지고 한 평생
제 빛깔 꽃 피우고
이제는 모두가 떠나간 광야
나 홀로 운명에도
보이지 않는 발자국 소리
미소로 기다리는
한 그루 고목이여
상선上善은 약수若樹다
나는 나무처럼 살고 싶다

목련

한 줄기 봄바람에 우주가 금이 갔다
백옥 눈동자
사건의 지평선에 빛난다
순백에 살고 순백에 죽겠노라
샛별로 눈 씻고
아침이슬로 곡기를 다스리나
광년을 헤매온
사랑은 길을 잃었나
미련에 풀어헤치는 가슴
또 하나의 블랙홀이다
이제는 설움마저도 검게 타버린
낙하, 초신성이다

연필과 지우개

장대 같다 하여도
내리는 것은 그저 물
구름이 비다

아름답다 하여도
핀 것은 그저 색
봉오리가 꽃이다

혈서라 하여도
쓰여진 것은 그저 선
떨림이 맹서다

코피 터졌다
연필과 지우개 탓하지 마라
속눈썹 그늘이 전쟁이었다

문자 유감

대박기분에 한 잔 거하게 사고
이쑤시개 꼬다 문 친구의 스마트폰에
절호의 찬스
이 주식 사세요 저 땅 사세요
구애 성시다
문자 한 통 기껏해야 몇 푼 한다고
실없는 푸념에
내 전화기가 떠는 철없는 부산
대출광고 천지다

지청구

러시아워 출근길 전철
만산의 쇠바퀴 신음 이기랴
혼 빼먹는 휴대폰 유혹 이기랴
아동의 목 메이는
양보해주세요
노약자를 위하여, 임산부를 위하여
호소에 선잠 깬 의문
예절은 어디로 추방되고
어른의 말은 어찌 잔소리가 됐는지
지청구, 퇴근길 러시아워다

몽고반점

아니 낳는 건지 못 낳는 건지
애 없는 시대이고
혹 있으면 왕자공주 대관식에
평생 에이에스까지
다들 지 알아서 극성인 나라에서
애 낳는 날이면 모를까
웬 어린이날 호들갑
날아라 새들아 푸른 하늘을
오늘은 어린이날
우리 모두 어린이가 되는 날
어깃장 가사에
엉덩이 빙하 속 몽고반점
어깨춤 난장이다

스승의 날

말에도 뼈가 있다
스승의 그림자는 밟지도 마라
그 말에는
나를 밟고 가라
이 세상의 모순과 질곡의 벽을 깨라
시퍼렇게 멍이 들도록
당신의 종아리를 채찍하던
스승의 눈물이 서려있다

누가 누구를 탓하랴마는
이해와 타산이 교시인 이 시대
밟히는 스승도
밟고 가는 제자도 없는
정산 끝나자마자
서둘러 떼어 버리는 이름표
오늘은 스승의 날
플랭카드만이 허수아비 날개짓이다

그 섬에 가고 싶다

뭍의 기억은
실뿌리 하나라도 베었다
푸른 하늘 파란 바다뿐이다
그림자도 흔적이 될까
기러기 떼 하늘을 휘돌아 날고
파도는 수평선 저 멀리
설움을 토한다
나는 섬이 좋다
뻘밭의 망둥이 가난이라도
홀로 사는
늙은 어부의 굴뚝만이
구름이 되고 별이 되는 섬
그 섬에 가고 싶다

삼송행

전철 3호선
주엽에서 충무로까지 출근길
중간의 삼송역까지만 운행 편 있다
가다가 마니 타기도
빈 좌석 유혹에 아니 타기도
늘 애매함에
오늘도 어정쩡 대노라니
아직도 오락가락이냐
너 이십년 세월 헛공부했구나
전동열차
내 뺨을 후려치듯 떠난다

돈방석

하루 용돈 만 원의 시인이
칼국수로 점심을 때우고
간만에 폼 잡고자 들어선 카페
동전까지 탈탈 털리나니
본전 뽑고야 말리라
커피 잔 마르도록 죽치고 있으매
그 옛날 막고 품던 둠벙의 물괴기처럼
시어들 무더기로 튀어 오르니
꿈에서도 못 본
돈방석이 따로 없구나
원고지 둑 터지게 챙겨 담는 모습에
제 지갑 털리는 듯
주인장, 말도 못하고 징징이다

코스모스

꽃 살점 어여삐 떼어주며
엊저녁 갈바람의
주린 배 채워주더니
등허리마저 꺾어
첫서리 새벽의 대지를 품었는가
운명에 미소하는
그대 이름 코스모스여

코로나 19

시도 때도 없는 사이렌에
해도 달도 지쳐 뼈마디뿐인데
담 너머 사과는
어찌 저리도 붉었는지
오늘도 창가에 파다한 우울이
눈물로 헹구는 비원
신이시여
누구도 내일을 모르는
이 운명의 끝은 어디 이옵니까
지쳐 잠이 든 꿈 속
사과는 또 하루 붉어간다

호박씨를 깨물다가

호박씨를 깨물다가
호박꽃도 꽃이냐며 놀려댔더니
나는 내 소명
어긋 없이 호박꽃으로 피었다
그런 너는
장미를 꿈꾸다
가시 등짐에 해바라기 되지는 않았는지
되쳐 묻는 말에 놀라
나를 깨물었다

바지랑대

그 언제 적이던가요
깡마른 몸에 굽은 어깨로
기저귀 똥오줌에도
잠이 든 아이의 뭉게구름 꿈 깰라
땡볕에 엄동에
홀로 눈물 훔치셨지요
그렇게 그대의 등에 엎여
봉선화 물들이고 고추잠자리 쫓던
그 아이가
오늘 저기 마당 뛰노는
저 아이의 그대가 되어 섰나니
그대의 눈물로 섰나니

감전

그대 기억하는가
탯줄 끊기던 순간의 엄마 젖가슴
그 감전의 기억으로
이슬에 기우는 꽃잎에
숨이 차오르고
땅거미 길 그림자에
벼리고 벼린 눈도 녹이 슬었는데
스치면 날이 서고
마주치면 창이 되는
감전의 세상이라니
천지사방
나는 번데기로소이다
무덤 아닌 무덤 위
소생을 기원하는
나비의 날개짓이 애처롭다

3부
세상에 지는 꽃은 없다

사과

권세란 권세는 다 움켜쥔 듯
서슬이 시퍼렇더니
처연히 육신을 떨구는 구나
뉴턴 같은
천재 중의 천재에게나
뵐까 말까하는 허물에 제 낯이 붉었나
삼척동자도 다 아는 진실에도
한 조각 사과는 고사하고
핏대 부라리는 인간의 가슴에
멍이 들었으면
시퍼렇게 사과 멍이 들었으면

봄이 되자

꽃이 지니 봄이다
누구냐고 이름을 물을 것도 없다
봄 그대로 봄이고
천지가 꽃이다
나의 이름표를 뗀다
강 너머 친구야
살얼음을 깨고 안개를 헤쳐
너와 나 사이 봄을 피우자
꽃이 진 세상에
봄이 되자

고문

퇴직한 분들이 건네는 명함마다
고문 천지다
현직에서 그 얼마나 고문을 잘하셨으면
법카에 기사 딸린 고문이 될까
누구를 왜 어떻게
고문해야 하는지 모르는 나는
오늘도 나를 고문한다
고문명함 어서 만들어 내라고

질경이

질기다 하지 마오
나는 질긴 것이 아니라오
질기지 못하여
길바닥에 엎드려 우는 것이라오

진짜 질긴 것은
저 놈이 제풀에 꺾일 때까지
눈 감고 귀 닫고
가난의 명줄을 쥐 흔드는 자라오

질기지 않으리
질기고 질긴 것들이
눈 붉어지는 그날까지
나는 오늘도 질경이 노래를 하오

태풍

한 마리 더
만선의 원양어선이 던지는 작살
명치를 때렸는가
망덕에 뒤집힌 대양의 눈동자
섬 하나쯤 씹지도 않고 삼킬 블랙홀인데
한 마리만이라도
저녁밥상이 가난한 늙은 어부가 던지는 소망
사건의 지평선 몸부림이니
이름 없는 인간의
불어 터지는 눈물이야말로
오직 장렬한 것
그대 운명을 낚으시라
서산의 해 발뒤꿈치로 서 있다

새

추상화다
허공을 녹여내는 몸부림
날개 꺾인 분노일까
마지막 비행의 환희일까
꿈꾸던 대지의 안식일까
화약연기 속
시인의 눈동자에
알알이 박히는 선홍
소생의 시어로 다시 창공을 난다

TV는 바보상자가 아니다

탄소가 아니다
문제는 욕망의 온난화다
허나 밥상머리 훈육은 죽었고
수능서 쫓겨 난지도 오래
나는 오늘도 TV 자율학습을 나선다

채널의 강마다 사이렌이다
미어터지는 군침
눈동자 잡아 빼는 물욕
허영의 알코올 허기에
은밀한 색정의 도발을 견뎌내야 한다

학습은 인내만이 아니다
종강은 아홉시 뉴스
유혹을 못 이겨 얼굴에 똥칠하는
검찰청 포토라인
현장중계 생방을 목도해야 한다

TV는 바보상자가 아니다
판도라의 시대
패가망신을 떨치고
용케나마 가여운 팔자 부지케 하는
지상 최고의 학교다

유람유감

지난 주는 거기
이번 주는 여기
다음 주는 저기
우주 종말의 비밀이라도 들었나
불타나게 쏘다니는 친구의
불타는 카톡에
애인이 아무리 좋아도
때때로 분내 돌아서는 발걸음이
사랑 중의 사랑이다
한 줄 적어 보내는 말 틈새
비집고 들이치는
오늘은 번개, 요기다에
댕가당
내 숨이여

KTX 시대

천리는 길이 아니었다
운명이었다
한 걸음 한 걸음이
천근만근 영정影幀이었다

KTX 시대
천리는 길도 아니다
커피 잔 식기도 전에
선창가 광어 몸부림이다

돌아오는 길
아직도 눈이 부신 햇살에
비린내 추억
천리만리 까마득하다

온도계

눈이 붉다고 다 토끼는 아니다
헤라클레스도
죽음의 유령조차도
그의 품에서는 포로다

눈이 붉다고 다 깡충은 아니다
아픔이 녹을 때까지
핏대 꼭대기까지
그는 눈높이 동행이다

드디어 고요의 문이 열리면
그는 사명에 산다
한 치 에누리 없이
숨은 사연 꽃 피어낸다

그에게 묻는다
오늘도 36.5도에 절절매는 나
이생 한 순간이라도
미간 고이 마주할 수 있을는지

삼시세끼

삼시세끼 피나도록 닦아도
썩는 것이 이빨이다
도장 한 번 찍어 놓고
나 몰라라 눈감았으니
정치도 썩는 것이다
오늘 다시 선거하는 날
앓던 이 뽑고 새 이빨 심었다
이번만큼은
안심하지 말고
삼시세끼 피가 나도록
구석구석 닦고 조이자

기적

철없이 꽃이 피고
콩 심은 곳에 팥이 나고
씨 없는 것들이 활보한다
제철이 아닙니다, 비켜서고
뿌린 대로 감사하며
된서리 맞고서야 붉어지는 대추가
기적 같은 세상이다
기적은 가뭄에 콩 나듯 해야지
순간순간이 기적이고
천지사방 지천이면 어찌 살라는 것인지
신의 뜻 찾아 나서는 눈동자
백지에 서릿발이다

아사

밥은 배고파서 먹는 것이 아니다
산해진미는 말하면 잔소리
불어터진 라면도 그렇다
먼저 애인에게 맛보이라
사랑의 하트와 함께
친구에게도 한 볼통 보내라
입맛이라도 다시라고
먹다 남은 뼈다귀도 버릴 것이 없다
소셜에 올려라
해피를 해시태그로
이 법도 잊는 날
아무리 배가 불러도
그대 허영의 허기로 아사할 지니
재삼 명심하시라
밥은 배고파서 먹는 것이 아니다

허수아비

별을 본다 했다, 하루에 한 번은
그러나 자전설은 틀렸다
밤낮 모르는 질주뿐
엉키는 발걸음에 해도 달도 숨이 차다

철이 든다 했다, 꽃 피고 지는 길에
그러나 공전설은 틀렸다
철모르는 욕망뿐
죄 없는 달력만이 덜컹덜컹 목이 잘린다

비극의 탄생 눈부시나
혁명은 고사하고 의문조차 불온이니
어금니 빠진 허수아비
가여이 가여이 고개를 젓는다

하루

새벽 별빛으로 면도를 한다
밤사이 녹이 슨 노동을
막장으로 가는 길
설 깬 꿈, 속눈썹에 대롱이나
탈주는 늘
무명 화가의 팔레트 속 몽정이다
땀의 무덤 속
더듬어 캐내는 한 줄기 빛
그러나 에누리 없다
금은 노터치
삯은 엥겔지수다
나는 다시 새벽 별빛을 향하여
서둘러 녹이 슨다

디케의 치마 속

눈은 노예다
소나가 타전하는 디케의 치마 속은
막장 드라마였다

권력은 포상휴가 중
물정 모른 족속이 또 하나 짤렸군
허나 사인은 늘 자살
대리인만이 각본을 만지작거렸다

증인은 포승 없는 포로
이마에 새겨진 밥줄의 생존법
밑줄 쫙 그으며
핏방울 떡고물 입맛을 다셨다

판관은 안대가 두려웠다
23.5도 기운 실눈으로
노회하게 모범답안을 썼다
권력은 무죄다

원고는 웃음으로 울었다
생매장 진실이 슬퍼, 인간이 가여워
판결문도 제 몸을 떨었다

아이야

아이야, 탁아소에서 잘 놀고 있지
아, 보육원으로 간판이 바뀌었지
부모 대신 애 키워준다는
애들 드문 세상
어디 가서 또래를 만나겠니
다 너를 위한 거란다
신나게 놀거라

아이야, 엄마 아빠도 이해해 주렴
집세는 말할 것도 없고
네 분유 값도
할머니 탁로소비도 만만치 않단다
또, 요즘은 YOLO 시대잖니
주말 맛집은 기본
두어 번은 해외여행도 가야 하고

아이야, 칭얼대지 말아라
요즘은 낳아준 것도
고아원 아니 보낸 것만도
다들 웬 복이냐 산단다
그리고 살다보면 안다
어차피 인생은 혼자라는 것
허니 다시는 다시는 이다

안전사고

터졌다 하면
눈총 쏘아대는 카메라
오장육부 쑤셔대는 펜 부림
두렵기 그지없습니다만
아직은 살만 합니다
터졌다하면
이어 터지는 네 탓이오
여의 섬 싸움에 잠시 눈 부치고
삼일장도 못 치르는
시중의 망각을 틈타 홈스틸이지요
오늘도 노란완장 즐비합니다만
늙고 고달픈 가난 뿐
나는 또다시 안전한 사고를 꿈꾸고
세상은 꽃 떨어진 후에나
바람 찾아 헤매겠지요

불일암

선암과 송광 사이
한여름 땡볕 무념의 소금강에
절이고 절였거늘
가지런 고무신 코앞에 두고서도
말을 거두는 문고리
내 속에 아직도
남새밭 푸성귀 냄새가 나는 가
허우적 눈 걸음 아래
후박나무 그늘 띄운 냉수 한 대접
문은 벌써 열려있었다

세상에 지는 꽃은 없다

동백은 지지 않는다
보이지 않느냐
엄동에 부릅뜬 눈동자
겨울을 떨치는 외로운 투신이다

벚꽃은 지지 않는다
들리지 않느냐
대지를 울리는 아우성
새 봄 외치는 척후의 나팔이다

꽃 진다 말하지 마라
세상에 지는 꽃은 없다
죽어 다시 피어나는 몸부림이
진정 꽃이다

4부
나는 패배하고 싶다

코스모스 2

온 우주 이고 지고 사는 팔자
타령조차 곱디고우련마는
한 잎 두 잎
한 방울 눈물마저 던졌는가
가난한 초가집
굴뚝의 연기처럼 헤진 몸
마지막 가을을
화관도 없이 자장 자장이니
구부러진 내 팔자
그대 가락에 허리 한 번 펴오다

나는 패배하고 싶다

살다보면 안다
패배할 수 있다는 것이야말로
마지막 기쁨인 것을
녹아내리는 잇몸으로 다시 선 법정
그러나 오늘도 패배하지 못한 나
도다리 몸부림으로
어금니 빠진 판결문을 씹는다
살다보면 안다
패배할 수 없다는 것이야말로
최후의 슬픔인 것을
나는 패배하고 싶다
나는 패배로 패배하고 싶다

요즘 세상

그 옛날엔
할머니 할아버지 아버지 어머니와
손녀 손자들이
한 눈으로 소처럼 살았다

나 클 때는
아버지 어머니와
자식들이
두 눈으로 개처럼 살았다

요즘 세상은
남편과 아내
아들 딸들이
제 각각 눈으로 쥐처럼 산다

불발탄

기나 긴 항해가 끝이 났다
이제는 회항 없는 회항
저마다의 섬으로 떠나가는 부둣가
뱃고동 소리도
자욱한 안개에 묻혔는데
붉은 멍게속살 안주에 오가던 술잔 속
말뼈가 씹혔나
불어터지는 해연海淵의 불발탄
바닷물을 다 쏟아 부어도
절여지지 않을 말들이 베어내는
흥건한 비린내에
갈매기 생목을 비틀고
갈 곳 잃은 배 홀로 물거품이다

고독

그대 봄나들이 길이라구요
꽃향기 바람에
나비의 날개로 돛을 달고
부푸는 가슴은 가랑비에 불탄 다구요
시인은 봄을 모른 답니다
세월의 모퉁이에 앉아
밑동 잘린 고목과
아기 고양이의 선문답을
백지에 씨 뿌리는
분에 넘치는 고독으로
하루하루가 첫 이슬 봄이니까요

정전협정

강아지와 나
오늘도 산책길 전쟁이다
지도에 없다
뻗대는 사륜브레이크
지축을 흔들고
나섰으면 동네 한 바퀴지
반 보라도 앞서려면 나대지 마라다
제발 말 좀 들어라 채근엔
한 집 살이 석 삼년
이게 다 누구한테 배운 것인데
풀 뜯어먹는 소리 한다
사방팔방 고자질이니
오늘도 종전은 물 건너갔고
한 시간 정전협정에 도장을 찍는다

피타고라스의 인간관계론

만물은 수다
$a^2+b^2=c^2$
세 평방의 정리만이 아니다
인간관계도 그렇다
그럴껴, 섭섭혀, 일없슈
제 낀 삼세번은
애인도 황제도 염라대왕도 못 물린다
사람들아
수틀리지 마라
한 잔 술에 가벼이 수틀리지 마라
산수가 신수다

눈사람

기나긴 외로움에 날리는 눈바람
어이 씨가 되나요
노을에 사르는 미련의 지푸라기
어이 싹이 돋나요
서러움에 커튼을 내린 밤하늘
어이 별이 피나요
새벽꿈에 나 홀로 빚는 눈사람
어이 그대인가요
인연인지, 인연 아닌 인연인지
말을 해 주오
그대여, 봄소식 하릴없는 그대여

겨울 산

한 그루 나무가 아니다
한 개의 바위도 아니다
산이 울고 있다
추워서도 아니다
외로워서도 아니다
지난 여름 땡볕에 찾아와
냉가슴 부여 쥐던
그 영혼에 목이 메어 울고 있다
그의 겨울을 데우고자
그의 봄을 피우고자
산이, 온 산이 뜨겁게 울고 있다

가석방

오늘은 성탄절
안에는 찬양의 목청 높고
밖에는 낯 붉은 중죄인들 특별사면에도
이 땅 천지사방 진눈깨비니
죄 아닌 죄로
예배당 꼭대기 감옥에
무기수 징역 사는 저 종소리
사면은 고사하고
오늘 하루 만이라도 가석방하여
하염없이 울게 한다면
그날의 은총
온누리 천지지천이련마는

여기는 파란 기와집

상고머리 쫙 깔렸다
찰랑찰랑 넘실대는 와인의 향기
한 방울이라도 샐까
타는 목마름이나
서둘다가는 생목 걸린다
작전은 작전대로
우아하여 황새
낯 두꺼워 두꺼비 눈매에
배고픈 카메라
쥐어주는 각본을
허겁지겁 삼키고 잠이 드니
이제 흥정의 시간
붉은 카펫 돌돌 말리는
여기는 파란 기와집
나라경제 살리기
내일의 헤드라인은 벌써 윤전기를 탔다

보도블록

독작 같던 보도블록 부고가 났다
달력 한 장 남았더라니
시리고 시린 눈총이 파다하다
그러나 사람들은 모른다
밤낮 없는 갈지 자에
그의 가슴 오죽 저리고 금이 갔는지
사람들은 모른다
그 죽어서도 가난한 골목에
밥 내음 지핀다는 것을
사람들은 결코 모른다
그 사연 하늘에 닿아
독작 같은 세상에 첫눈 내리는 것을

너의 상고를 각하하니

죄 중의 죄 불경죄로
등짝에 낙인찍힌 줄도 모르고
사명 일념에 미쳐 살다가
권력에 미친 권력이
밥 한 술로 저당 잡은 목을 엮어
쳐놓은 괴서怪書 길을
나는 정의의 돈키호테다
보무도 당당 나섰다가
비수에 목 잘린 것도 그지없건만

사초 무성한 곳이라고
다들 뜯어 말리고
정 그러면 일타 변사辯士 꿰차줘도
진실의 사초는 외로웠느니라
산초도 없이 덤볐다가
법 중의 법 양심법에 차인 철없음이여
너의 상고를 각하하니
인지대 노자삼아 광야로 달려
가여운 이 세상에 시심의 눈 내려라

오 마이 갓

주문 도와드리겠습니다
커피는 어떻게 주문을 해야 하는지요
아메리카노님 나오셨습니다
그분을 어떻게 모셔야 하는지요
늙은 오빠는
해외직구 낯선 예절에 숨 가파르고
카운터 젊은 언니는
고매하신 고객님의 총총한 말꼴에
식빵 없이 어금니 씹으니
오도 가도 못하는 아메리카노님
오 마이 갓이다

백수의 나아갈 길

과거를 씻는다
운이 아니라 운명이었다
씻고 씻는다
가슴 비집는 한 조각 미련을

내일을 묻는다
죽음만이 남은 운명이다
묻고 묻는다
눈가 무지개 한 조각 유혹을

오늘을 심는다
땀만이 소생의 씨앗이다
심고 심는다
자갈밭에 노을 꽃 피는 순간까지

꽃

꽃이 진다
이름도 없이 진다
애달파 마시오라
홀로 피고 홀로 지는 꽃
향기 더 짙나니
외로운 누군가의 이름 꽃 되리니

이별이다
봄도 없이 이별이다
서러워 마시오라
봉오리 이별이야말로
사랑 더 짙나니
그대 가슴에 영원한 불꽃이 되리니

봄

아파트 단지 구석구석
웅성웅성이다
겨우내 고공침투하였다가
포로로 잡힌 땟구정한 얼굴들
산 너머 봄 소릴 들었는가
엄마야
이제는 전쟁 끝 석방이다
떼창에 흐르는 기쁨의 눈물
나의 저린 상처에도
새 움이 트였으면

공무원

천연의 요새로는 어림없다
철옹성에 철갑이라도
물샐 틈 사방천지이니라
뒤꿈치 뜬눈 보초
봄바람의 암호를 캐묻고
낙엽의 그림자에도 창검을 휘두르나
틈 없는 것이야말로
진정 틈이런가
마르고 메마르는 숨에
제 스스로 녹아내리는 성
오늘도 아홉시 뉴스 헤드라인이다

어머니의 길

옷깃 헤지도록 스친
억새꽃 아직 곱고 고운 길
이제는 다시 올 수 없다 시니
볼어터지는 눈물을
새벽안개 속에 묻는다

눈물을 거두어라
가난의 새벽길 마주하던
저 별들 곁으로 가는 것
꿈꾸듯 가려니
숨결 가벼이 가거라

고이 가시오라
눈 녹듯 녹이며 가시오라
새싹 움트는 날
별빛 미소 마중하러
이 길 새벽 꿈꾸듯 오려오니

시

별들도 실눈으로 웅크린 밤
백지에 모난 점 하나 심는다
돌부처다
땅이 녹고 녹아도 녹지 않고
세월이 녹슬고 녹슬어도 이끼를 모른다
벼랑 끝
한 토막 숨마저 베려는 듯
치대는 청동의 칼바람
반딧불 온기로 밤새워 어르고 달랬다

눈물은 멎었으나
차마 눈뜨지 못하는 새벽
지는 낙엽에 첫눈 소복이 내리나니
움트는 상想 하나
쇳조각 목젖을 제치고
사각에 괜 응어리를 녹인다
소생의 바다
백지의 섬 마다
꽃이 피고 새가 난다

해설

풍자의 묘미, 혹은 촌철살인의 시학
— 김병수 시인의 시집 읽기

황치복 문학평론가

풍자의 묘미, 혹은 촌철살인의 시학
— 김병수 시인의 시집 읽기

황치복 문학평론가

1. 세속적 군상들의 욕망에 대한 비판

　김병수 시인의 시편들은 대부분 짧은 잠언箴言과 경구警句, epigram로 이루어졌는데, 이는 기본적으로 시인의 시적 영역이 풍자시에 속한다는 것을 말해준다. 다양한 시편들에서 시인은 핵심을 찌르는 경구로 한 개인과 사회가 지닌 부조리한 국면을 드러내거나 혹은 정서적 동인의 정곡으로 파고들어 깊은 울림과 감동을 자아내는 촌철살인寸鐵殺人의 미학을 실현하고 있다. 군더더기 없는 생략과 비약, 그리고 인간의 생리와 사회의 속성에 대해 근원적인 곳으로 파고들어가는 통찰력 등이 빛을 발하고 있다. 물론 이 시집의 곳곳에 서정적인 시편들이 없는 것은 아니지만, 풍자와 비판의 본질이 지적인 영역의 것이어서 기본적으로 기지機智와 위트wit가 발휘되는 곳이라는 것을 생각하면 그것은 김병수 시학의 본질적 영역과는 거리가 있다.

　시인의 풍자적 대상은 크게 보아 개인적인 차원과 사회적인 차원으로 나누어 볼 수 있다. 개인적 차원에서는 세속적 현대인이 지닌 어리석음이라든가 우매함 등이 비판의 대상이 되는데, 그러한 속성의 가장 기본적인 원인은 현대인이 지닌 욕망, 특히 과도한 물질적 욕망이라든가 헛된 욕망이라고 할 수 있다. 그러니까 현대인들은 과도한 물욕과 그것의 연장선에서 이루어지는 권력욕에 사로잡혀 삶의 본질적인 가치와 의미를 상실하며 살아가고 있는데, 이러한 국면이 시인의 주된 비판의 표적이 되는 셈이다.

다른 하나의 측면은 사회의 부조리인데, 민주주의라는 제도가 지닌 허점이라든가 기득권층의 잘못된 권력 운영이 빚어내는 사회적 불평등과 불공정과 부정의 등의 부조리한 현상들이 비판의 초점이 된다. 사회적 차원의 풍자는 우리 사회가 지니고 있는 어둠과 그늘의 핵심을 포착하여 그것을 폭로하고 그것이 지닌 부조리한 면모를 부각시키는 것이 관건인데, 시인은 예리한 통찰과 기지를 발휘하며 그러한 작업을 성공적으로 이루어낸다. 오늘날 우리가 사는 사회에 대한 풍자는 현대사회의 세태가 지닌 그로테스크하고 전도된 국면을 드러내는 것이기도 한데, 그러한 점에서 김병수 시인의 이번 시집 『세상에 지는 꽃은 없다』는 현대사회에 대한 해부학이자 현상학이라고도 할 수 있을 것이다.

그런데 현대인의 과도한 욕망과 현대사회의 부조리에 대한 비판은 사실 시인의 머릿속에 바람직한 세상과 가치가 마련되어 있기에 가능한 것이다. 어떤 삶이 바람직하고 가치 있는지, 어떤 사회가 이상적인지에 대한 어떤 대안을 지니고 있기에 비판은 더욱 생동감을 지니고 다가오게 되는 것이다. 그러니까 풍자시란 사실 풍자하는 대상에 대한 사랑을 전제하고 있는 셈이기도 하다. 잘못과 허물을 교정하고 수정해서 바람직한 방향으로 나아갈 것을 충심으로 바라기에 대상에 대한 과격하고 격렬한 비판이 가능한 것이며, 그러한 사상이 전해지기에 독자들은 감동을 받을 수 있는 것이다. 이번 시집 『세상에 지는 꽃은 없다』에는 김병수 시인이 상정하는 다양한 삶의 비전과 대안을 다룬 시편들이 자리잡고 있는데, 이러한 시편들이 가장 빛나는 장면처럼 생각된다. 풍자와 비판의 궁극적 근거이자 미래의 지평이기도 하다는 점에서 그것은 풍자적 시편에 타당성을 부여하면서 생산성을 담보하고 있기 때문이다. 김병수 시인의 시론을 이해하는 것은 풍자적 시편의 바닥에 있는 시인의 시정신을 이해하는 첩경이 될 것이기에 미리 시에 대한 생각을 다룬 메타시 한 편을 읽어보자.

별들도 실눈으로 웅크린 밤
백지에 모난 점 하나 심는다
돌부처다
땅이 녹고 녹아도 녹지 않고
세월이 녹슬고 녹슬어도 이끼를 모른다
벼랑 끝
한 토막 숨마저 베려는 듯
치대는 청동의 칼바람
반딧불 온기로 밤새워 어르고 달랬다

눈물은 멎었으나
차마 눈뜨지 못하는 새벽

지는 낙엽에 첫눈 소복이 내리나니

움트는 상상想 하나

쇳조각 목젖을 제치고

사각에 괜 응어리를 녹인다

소생의 바다

백지의 섬 마다

꽃이 피고 새가 난다

　　　　　　　　　—「시」 전문

　간결하면서도 함축적인 언어적 표현이 빛난다. "모난 점"
이라는 말속에 시인이 벼리고 있는 가시와 뼈가 담겨 있다.
또한 "돌부처" 속에 은근과 끈기가 숨어 있기도 하다. "쇳조
각 목젖"이라는 표현 속에는 촌철살인의 정신이 담겨 있다.
그리고 그러한 모난 점과 돌부처, 그리고 쇳조각 목젖이 향
하는 대상으로 "사각에 괜 응어리"가 제시되어 있는데, 시인
이 촌철을 가지고 제거하고자 하는 대상이 바로 현대사회의
그늘이라든가 현대인의 가슴속 깊은 곳에 쌓여 있는 한과 불
만이라는 사실을 명확히 한다. 주목되는 점은 "첫눈 소복이
내리나니"라든가 "백지의 섬"이라는 이미지인데, 모든 세상
의 찌꺼기와 더러움이 무화된 원초적 세계를 연상할 수 있기
때문이다. 시인은 이처럼 정화된 세상에서 "소생의 바다"가
물결치고, "꽃이 피고 새가 날"기를 소망한다. 시인의 풍자
와 비판의 시편들이 자리잡고 있는 근거와 토대를 잘 보여줄
뿐만 아니라 그 지향의 방향을 명확히 드러낸 작품이라 할
수 있는데, 갱신된 세상과 생명력으로 충만한 유토피아적
비전이 풍자의 궁극적인 지평으로 떠오르고 있다. 김병수

시인이 주목하는 개인적 차원에서 "사각에 팬 응어리"의 가장 주요한 요소는 욕망이다.

> 새벽 강경 장에서 떼어 온
> 동태바위 머리에 이고
> 행상 나선 엄마의 그림자를
> 모질게도 쥐어 잡던 육성회비에
> 독사도 독살할 만큼 돈독이 올랐을 터이고
> 볼펜 똥을 밥 삼으며
> 안광으로 블랙홀을 뚫어
> 개천에서 용 났다 소리도 들었으니
> 이제는 팔자를 고쳐
> 고래등에 떵떵대며 살 줄 알았는데
> 전생의 부자놀음에 물렸는지
> 돈맛을 못 봐서 그런지
> 돈 몰라야 행복하다는 것인지
> 돈이 미쳐 돌아버리도록 돈맹으로 사는 지라
> 아이구 내 팔자야
> 끼니 하나 굶고 돼지꿈을 사야하는가
> 오늘도 가난 홀로 비가다
> ─「돼지꿈」 전문

　행상을 하던 어머니의 고된 노동, 가혹하게 독촉하던 육성회비의 서러움 등이 금전에 대한 욕망을 자극했고, 그래서 시적 화자는 그에 부합하여 "볼펜 똥을 밥 삼으며/ 안광으로 블랙홀을 뚫어/ 개천에서 용 났다 소리도 들었다"는 대목에서 출세에 대한 욕망과 그것을 성취한 결과가 요약되어 있다. 그런데 문제는 여전히 "돈맹"으로 살고 있다는 것이 문제다. 여기서 돈맹이란 돈을 제대로 관리하지 못하는 사람을 지칭하지만, 돈에 휘둘리는 사람, 혹은 돈에 접근하지 못해서 돈으로부터 소외되어 있는 사람으로서 금융문맹Financial Illiteracy이라는 용어를 연상시키기도 한다. 하지만 문제의 핵심은 "돈이 미쳐 돌아버리도록 돈맹으로 사는 지라"라는 구절이 시사하듯이 돈에 대한 집착과 관심이 전혀 없음에도 불구하고 화폐 자본의 흐름은 그러한 사람들을 돈의 노예로 포섭하려 한다는 것이다. 그런데 돈의 논리에 포섭된 삶은 역설적으로 "가난"한 삶에 빠지게 된다. "끼니 하나 굶고 돼지꿈을 사야하는가"라는 구절을 보면, 돈에 대한 논리에 포섭되어 집착하게 되었음을 암시하는데, 집착이 결국 삶의 질을 저하시키는 원인으로 작용하고 있다는 것도 알 수 있다. 돈에 대한 추구와 갈망이 아이러니하게도 궁핍을 초래하고 굶주림을 야기한다는 것은 욕망의 메커니즘 때문일 것이다. 욕망이란 만족을 모르는 성질이 있으며, 그래서 한계가 없는 무한한 증식만을 초래하는데, 이러한 속성으로 인해서 욕망은 사람을 궁핍하게 만든다. 다음 작품이 이를 더욱 선명히 보여준다.

밥은 배고파서 먹는 것이 아니다
산해진미는 말하면 잔소리
불어터진 라면도 그렇다
먼저 애인에게 맛보이라
사랑의 하트와 함께

친구에게도 한 볼통 보내라

입맛이라도 다시라고

먹다 남은 뼈다귀도 버릴 것이 없다

소셜에 올려라

해피를 해시태그로

이 법도 잊는 날

아무리 배가 불러도

그대 허영의 허기로 아사할 지니

재삼 명심하시라

밥은 배고파서 먹는 것이 아니다

　　　　　　　　　　　　　　　　—「아사」 전문

　시적 논리에 의하면 '아사餓死'는 생물학적으로 배가 고파서 죽은 것이 아니라 허영심이라는 욕망에 결핍이 생겨서 죽은 것이 된다. 그러니까 "산해진미"라든가 "불어터진 라면" 같은 음식들은 허기를 채우기 위한 양식이 아니라 애인이라든가 친구, 혹은 소셜 네트워크의 접속자들에게 보여주기 위한 것이며, 공유하기 위한 것이다. 이때 음식물들은 배고픔이라는 요구demand를 충족시키는 수단이 아니라 자신의 소비를 과시하여 자신의 허영심을 만족시키려고 하는 욕망desire의 대상이 된다. 소비 역시 자신의 육체적 필요를 충족하려는 필요 소비가 아니라 자신의 소비 행위를 타인에게 보여주려는 과시 소비의 성격으로 변질된다. 그런데 이러한 행위는 오늘날 특별한 것이 아니며 일상화된 것이 되었다. 그런데 앞서 언급한 것처럼 욕구는 어느 정도 충족되면 만족에 도달하지만, 욕망이란 한계가 없으며 무한 증식하는 속성을 지니고 있다. 따라서 현대인들은 영원히 욕망이 충족되지 못하는 영양 결핍의 상태에 놓여 있고, 그러한 결핍으로 아사할 위험에 처해 있기도 하다. 더욱 큰 문제는 질주하는 현대사회의 메커니즘이 이러한 상황에 대해 문제의식을 느끼지 못하도록 한다는 점이다.

> 별을 본다 했다, 하루에 한 번은
> 그러나 자전설은 틀렸다
> 밤낮 모르는 질주뿐
> 엉키는 발걸음에 해도 달도 숨이 차다
>
> 철이 든다 했다, 꽃 피고 지는 길에
> 그러나 공전설은 틀렸다
> 철모르는 욕망뿐
> 죄 없는 달력만이 덜컹덜컹 목이 잘린다
>
> 비극의 탄생 눈부시나
> 혁명은 고사하고 의문조차 불온이니
> 어금니 빠진 허수아비
> 가여이 가여이 고개를 젓는다
> ―「허수아비」전문

현대사회의 속도전 속에는 이윤의 논리가 숨어 있다. 시간이란 상품을 생산하는 데 투여되는 비용이라는 것, 따라서 시간을 단축하는 것은 비용을 줄이는 것이며, 비용을 줄이는 것은 곧 이윤을 확대하는 것이라는 논리가 성립하는 것이다. 조금 과장된 논리로 설파되고 있는 "엉키는 발걸음에 해도 달도 숨이 차다"라든가 "죄 없는 달력만이 덜컹덜컹 목이 잘린다"는 표현들이 속도전에 질식해 가는 자연의 법칙이라든가 생태계의 교란을 암시하고 있다. 이러한 현상의 궁극적 원인에 대해서는 "밤낮 모르는 질주뿐", 혹은 "철모르는 욕망뿐"이라는 구절들이 정확히 지시하고 있는데, 우리 사회의 질주라는 것이 결국 이윤을 극대화하기 위한 전략이라는 점에서 한계를 모르는 욕망이 모든 사태의 동인이 되는 셈이다. 문제는 이러한 속도전이 반성과 성찰의 기회를 빼앗아 "혁명은 고사하고 의문조차 불온이니" 하면서 문제의식을 원천 봉쇄하고 있다는 점이다. 최근 우리 시의 관습에서 "허수아비"가 '가난한 성자'의 메타포로 자주 등장하는 것을 상기해 보면, "어금니 빠진 허수아비"가 "가여이 가여이 고개를 젓는" 장면이 암시하는 의미를 쉽게 짐작할 수 있다. 그것은 다음 시에서 묘사하는 '그림자'를 향한 애도를 표하고 있는 것이기도 하다.

이 보다 외로운 신세 있으랴
해마다 우주 탐방 다녀오고
월에 한 번은 달 타령
주말엔 걸어서 세계 속으로
날마다 퇴근하면 여섯시 내 고향까지
시계가 발병 나고
기억조차 몸살이 나도록
멋보고 맛보며 쏘다녔으면서도
가늠 없는 스케줄에

오늘도 제 눈에 밟히는 그림자

―「그림자」전문

이 시는 물론 속도전의 폐해를 고발하는 것은 아니다. 하지만 "우주 탐방", "달 타령", 세계 여행, 내 고향 탐방 등의 여행에 중독된 듯한 레퍼토리의 나열은 현대인의 여가 활용에 대한 강박관념을 시사하고 있다. 물론 이러한 강박관념 속에는 시간을 분초로 아껴서 여행의 풍물을 만끽하고자 하는 욕망이 내재되어 있는데, "시계가 발병 나고"라든가 "기억조차 몸살이 나도록"이라는 표현들이 그러한 내면의 초조함과 다급함을 암시해 주고 있다. 문제는 이로 인해서 반성과 성찰을 통한 내면의 성장이라든가 영혼의 성숙과 같은 정신적 풍요로움이 차단되고 있다는 점이다. "오늘도 제 눈에 밟히는 그림자"라는 대목이 그러한 사정을 내포하고 있는데, "이 보다 외로운 신세 있으랴"라는 구절이 암시하고 있는 것처럼 자신의 분신이자 자아의 내면적 성찰의 이미지인 "그림자"가 눈앞에 명멸하고 있음을 알 수 있다. 그러니까 그림자는 자신의 본래 주인에게 소외되어 있으면서 무시당하고 있는 셈인데, 이러한 시적 구도는 속도전과 힐링에 대한 강박관념이 자신의 내면을 공허하게 하고 있음을 비판하고 있는 셈이다. 시인이 상정하는 금전적 욕망의 문제라든가 여가 활용에 대한 강박관념, 속도전의 생활 방식 등은 개인이 선택할 수 있는 문제가 아니라 사회의 구조적 문제에서 야기된다는 점에서 문제의 심각성이 있을 것이다. 사회구조의 부조리에 대한 비판의 시편들을 읽어보자.

2. 사회구조의 부조리에 대한 비판

탄소가 아니다
문제는 욕망의 온난화다
허나 밥상머리 훈육은 죽었고
수능서 쫓겨 난지도 오래
나는 오늘도 TV 자율학습을 나선다

채널의 강마다 사이렌이다
미어터지는 군침
눈동자 잡아 빼는 물욕
허영의 알코올 허기에
은밀한 색정의 도발을 견뎌내야 한다

학습은 인내만이 아니다
종강은 아홉시 뉴스
유혹을 못 이겨 얼굴에 똥칠하는
검찰청 포토라인
현장중계 생방을 목도해야 한다

TV는 바보상자가 아니다
판도라의 시대
패가망신을 떨치고
용케나마 가여운 팔자 부지케 하는
지상 최고의 학교다
　　　―「TV는 바보상자가 아니다」 전문

근대문명의 상징이었지만, 이제는 사양길로 접어들고 있는 텔레비전이라는 미디어가 가지고 있는 문제를 통해서 현대사회의 문제점을 집어내고 있다. "욕망의 온난화"라는 표현이 함축하고 있듯이 텔레비전은 현대인들에게 온갖 욕망을 자극하는 기제로서 작동하고 있다. "미어터지는 군침/ 눈동자 잡아 빼는 물욕/ 허영의 알코올 허기에/ 은밀한 색정의 도발"이라는 표현이 바로 텔레비전이 시청자들에게 자극하는 욕망의 물목들인데, 식욕을 통한 소비의 조장, 화폐의 증식에 대한 욕망, 그리고 과시 소비 등의 허영심의 자극, 성적 욕망의 도발 등이 그 내용물이다. 또한 텔레비전은 그러한 욕망의 과도한 발현이 야기하는 재앙적인 모습을 생중계함으로써 반면교사로서의 역할도 충실히 이행하는데, 시인은 이러한 텔레비전의 유혹과 그 파멸적 결과가 "판도라의 시대"를 살아가는 데 있어서 중요한 백신과 같은 역할로 작동할 수 있다며 그 효과를 조롱하듯이 칭찬한다. "패가망신을 떨치고/ 용케나마 가여운 팔자 부지케 하는/ 지상 최고의 학교다."라는 진술 속에는 병 주고 약 주는 텔레비전의 아이러니한 모습이 포착되어 있는데, 이러한 이중성은 현대사회가 얼마나 모순적인 구조를 지니고 있는지를 함축적으로 표상해준다. 구조적인 모순 가운데 시인이 직접적으로 주목하는 것은 권력의 문제이다.

    난중의 난難
    열정 밑천마저 동이 난 시대
    꿀 단지 취업 장에
    핏줄 땅줄에 가오리 연줄까지 똥줄이 타니

썼다 찢었다 추천장사에
못 먹을 바에는 광을 파니 마니
이기는 게 내 편이다
제비집 뜯어오고 뜯어가기 혈안이니

또다시 신물 나는 윤회에
속이 쓰린 유권자
해 드시더라도 구토 안 날 만큼만
기표지에 엎드려 큰절이다
　　　　　　　　　　　— 「지방선거」 전문

　욕망 가운데 물욕만큼이나 큰 것이 권력욕일 터인데, 권
력의 근원이 인민에 있다는 생각을 망각하고 그것을 장사
하듯이 거래하는 현실이 민주주의를 위협하는 요소라고 할
수 있다. 이 시는 바로 권력의 원천에 대한 생각을 망각하
고 모두 그것을 획득하기 위해 광적인 열정을 보이는 상태
를 묘사하고 있거니와 "난중의 난"이라는 표현이 그 발광하
는 모습을 예리하게 암시한다. 어지러움 가운데 가장 어지
러운 것이 "지방선거"라는 것인데, 그것이 그처럼 어지러
운 것은 "제비집 뜯어오고 뜯어가기 혈안이니"라는 표현에
서 알 수 있듯이, 어떤 먹이감을 둘러싼 쟁탈전처럼 여겨지
고 있기 때문이다. 그러니까 풀뿌리 민주주의의 초석으로
서 지방 주민들의 자치를 실현하기 위한 지방선거가 지방
주민들의 바람과 요구를 실현하기 위한 수단이 아니라 기
득권자들이 자신들의 이권을 실현하기 위한 거래소처럼 취

급되고 있는 것이다. "꿀단지 취업 장"이라든가 "추천장사"라는 말들이 민중의 대리인을 뽑는 선거가 아니라 경제적 이윤을 획득하기 위해 쟁탈전을 벌이는 시장으로 전락한 현실을 고발하고 있다. 시인이 보기에 선거라는 권력 분배의 제도가 민의를 왜곡하고 기득권자들의 이윤을 추구하는 장으로 변질되었다면 정의를 실현해야 하는 법정 역시 다음 시에서처럼 권력의 시녀로 전락했다.

눈은 노예다
소나가 타전하는 디케의 치마 속은
막장 드라마였다

권력은 포상휴가 중
물정 모른 족속이 또 하나 짤렸군
허나 사인은 늘 자살
대리인만이 각본을 만지작거렸다

증인은 포승 없는 포로
이마에 새겨진 밥줄의 생존법
밑줄 쫙 그으며
핏방울 떡고물 입맛을 다셨다

판관은 안대가 두려웠다
23.5도 기운 실눈으로
노회하게 모범답안을 썼다
권력은 무죄다

원고는 웃음으로 울었다
생매장 진실이 슬퍼, 인간이 가여워
판결문도 제 몸을 떨었다
　　　　　―「디케의 치마 속」 전문

　잘 알려져 있듯이 그리스 신화에서 제우스와 테미스의 딸
인 정의의 여신 디케Dike는 눈을 가리고 한 손에는 저울을,
다른 손에는 칼을 거머쥐고 있는 조각상으로 표현된다. 디
케의 눈을 가렸다는 것은 만인에게 공정하고 선입견이 없
음을 뜻하고, 그녀가 든 저울은 형평성을, 그리고 칼은 정
의 실현을 상징하는 것으로, 어떤 압력에도 굴복하지 않는
다는 불변의 가치를 의미한다. 법의 상징으로서 대법원 앞
에 설치되어 있는 디케의 조각상은 우리 사회가 법에 기대
하고 바라는 가치를 함축하고 있는데, 이 시에서 시인은 그
러한 가치의 표상인 "법원은 막장 드라마였다"라고 하면
서 전도된 법정의 현실을 고발하고 있다. "디케의 치마 속"
이라는 표현 역시 법정은 부끄러움으로 난무하는 장소라
는 의미를 강조하고 있으며, "권력은 포상휴가 중"이라거
나 "핏방울 떡고물 입맛을 다셨다"는 표현들이 왜곡된 사
법 정의의 현실을 고발한다. 결국 "판관은 안대가 두려웠
다/ 23.5도 기운 실눈으로/ 노회하게 모범답안을 썼다/ 권
력은 무죄다"라는 표현 속에 저간의 사정이 요약되어 있는
데, 만인에게 공정하고 선입견이 없이 판결하겠다는 의지
의 표현인 "안대"는 두려움의 대상이 되고, 지구의 기울기
인 23.5로 기울어 진 현실을 반영한 판결이 횡행하며, 권력

의 입맛에 맞는 선고가 모범답안이 되는 법정의 현실이 정의의 여신이 목도하고 있는 광경인 것이다. 욕망을 부추기며 그 파멸적 결과를 경고하는 텔레비전이나 이윤추구의 장으로 전락한 지방선거, 그리고 권력의 입김에 의해 좌우되는 법정의 현실 등의 사회는 총체적 난국을 드러내고 있다고 할 수 있는데, 그러한 사회는 곧 기적이 일반화된 사회이기도 하다.

> 철없이 꽃이 피고
> 콩 심은 곳에 팥이 나고
> 씨 없는 것들이 활보한다
> 제철이 아닙니다, 비켜서고
> 뿌린 대로 감사하며
> 된서리 맞고서야 붉어지는 대추가
> 기적 같은 세상이다.
> 기적은 가뭄에 콩 나듯 해야지
> 순간순간이 기적이고
> 천지사방 지천이면 어찌 살라는 것인지
> 신의 뜻 찾아 나서는 눈동자
> 백지에 서릿발이다.
> ─「기적」 전문

 "기적은 가뭄에 콩 나듯 해야지/ 순간순간이 기적이"다는 진술에는 왜곡되고 전도된 사회의 구조와 현실이 응축되어 있다. 기적이란 무엇인가? 그것은 상식으로는 생각할 수 없는 기이한 일을 지칭하거나 신神에 의하여 행해졌다고 믿어지는 불가사의한 현상 등을 가리킨다. 그러니까 기적이 상식적인 판단으로 이해할 수 없는 기괴한 일을 의미한다는 것을 생각해 보면, 기적이란 매우 드물게 발생하는 것이 정상적이며, 그것이 다반사로 발생한다는 것은 상식이 어그러진 세상이라는 것을 의미한다. 또한 신에 의해서 행해진 불가사의한 일이 기적이라면 그것은 곧 인간의 합리적 이성으로 접근할 수 없는 영역으로서 역시 정상적 사회에서는 보기 드문 현상이라 할 수 있다. 그런데 시인은 오늘날의 우리 사회가 "순간순간이 기적"이라고 말하면서 그것이 "천지사방 지천"에 깔려 있다고 진술한다. 그 구체적 모습은 "철없이 꽃이 피"기도 하고, "콩 심은 곳에 팥이 나고", "씨 없는 것들이 활보"하는 세상이라고 할 수 있다. 더욱 가관인 것은 "된서리 맞고서야 붉어지는 대추가/ 기적 같은 세상"으로 여겨진다는 것인데, 지극히 자연스러운 현상이 기적처럼 여겨진다는 것은 곧 자연적 법칙에 어긋나는 것이 오히려 정상으로 취급되고 있다는 것을 암시한다. 예외와 파란이 정상으로 취급되는 사회현실은 자연적 법칙과 섭리에 어긋나 있으며, 그렇기 때문에 건강한 사회일 수가 없을 것이다. 시인의 사회적 비판이 지닌 강렬도와 예리함을 느낄 수 있는 대목이다.

3. 시인이 꿈꾸는 삶과 가치

지금까지 김병수 시인이 욕망에 강박적으로 집착하는 현대인과 전도된 질서로 왜곡되어 있는 사회 구조에 대한 시인의 날카롭고 강도 높은 비판적 시편들을 읽어보았다. 이처럼 강렬하고 전면적인 풍자의 정신을 시화하고 있다는 것은 시인이 그만큼 자신의 삶을 사랑하고 우리 사회에 대해 관심과 애착을 지니고 있다는 것을 반증한다. 풍자적 시가 사랑을 전제하고 있지 않으면 그것은 증오나 저주가 되고 마는데, 그렇게 될 때 시적 감동과 공감은 사라질 것이다. 시인은 풍자의 이면에 현대인의 삶과 우리 사회에 대한 애착을 심어 놓고 있는데, 그러한 사실을 잘 알 수 있는 것은 시인이 추구하는 삶과 가치에 대한 진솔한 시편들 때문이다. 어쩌면 김병수 시인의 시편 가운데 가장 반짝이는 부분이라고 생각되기도 하는데, 그만큼 삶의 비전과 이상적 사회에 대한 대안을 다룬 시편들에는 진정성이 숨어 있으며 깊이 있는 성찰과 반성이 빛을 발하고 있기 때문이다.

　　손가락 긋지 마시라
　　겨울가지에 떠는 꼴이라고
　　눈물짓지 마시라
　　묻히지도 못할 죽음이라고
　　지축이라고 하여도
　　신이라 하여도
　　매달리는 것은 존재가 아니다

　　한 순간만이라도
　　자유로 살리라
　　그는 찬바람 허공 속
　　탯줄을 끊었다

식어버린 심장을 깨우는

장렬한 전사의 꿈

오늘도 몸부림이다

─「연」전문

  하늘에 떠 있는 연鳶을 대상으로 하고 있는 작품인데, 시
인이 주목하는 연의 특징은 자유와 주체로서의 속성이다.
연은 자신의 의지대로 자신의 삶을 꾸리고 있으며, 어떠한
타자에게도 의존하지 않고 자신의 힘으로 자신의 삶을 지
탱하는 주체적 성격을 지니고 있다는 것이다. 시인이 연을
통해 읽어내는 이러한 속성이란 물론 시인이 추구하는 삶
의 모습이자 가치일 것이다. "매달리는 것은 존재가 아니
다"라는 표현, 그리고 "한 순간만이라도/ 자유로 살리라"라
는 경구 속에 그러한 가치가 함축되어 있다. 그런데 시인은
그러한 가치를 획득하기 위해서는 "그는 찬바람 허공 속/
탯줄을 끊었다"라고 하면서 어떤 단절과 결단을 촉구한다.
또한 "식어버린 심장을 깨우는/ 장렬한 전사의 꿈"이라고
하면서 그러한 단절과 결단이 매우 어려운 투쟁과 분투의
결과일 수 있음을 암시하고 있다. 여기서 말하는 "탯줄"이
란 물론 의존적인 일체의 것을 말하는 것이겠지만, 지금까
지 시인이 구축한 풍자의 논리를 상기해 보면, 그것은 자신
을 노예처럼 부렸던 욕망의 유혹, 혹은 헛된 욕망으로 빠져
들게 했던 허영의 자극과 같은 것을 상정해 볼 수 있을 것이
다. 그러한 것들이 시인으로 하여금 자유롭고 주체적인 삶
을 살지 못하도록 방해하는 주요한 원인이었기 때문이다.
시인에게 자유롭고 주체적인 삶이란 어쩌면 프리드리히 니

체가 말한 운명애運命愛, Amor fati적 삶일지도 모른다.

> 대낮에 보면
> 세상에 못난 놈은 없다
> 잘 안 나가는 때가 있을 뿐이다
>
> 노을에 보면
> 세상에 잘난 놈은 없다
> 잘 나가는 때가 있을 뿐이다
>
> 다투지 마라
> 모두가 다 때의 그림자
> 제 빛으로 빛나는 놈은 없다
> ―「때」 전문

　여기서 "때"란 시기나 시절, 혹은 시운時運 등을 의미하며, 좀 더 확대해 보면 운명運命을 뜻한다. 그러니까 이 시의 제목인 "때"는 인간의 삶 바깥에서 그것을 움직이는 더 큰 손이 있고, 그 손의 움직임에 따라 인간의 삶은 부침과 곡절을 거듭하는 현상을 의미한다. 그래서 때의 관점에서 보면, 세상은 "잘 안 나가는 때가 있을 뿐이"고, "잘 나가는 때가 있을 뿐이"며, 그래서 세상만사에서 "제 빛으로 빛나는 놈은 없"게 되며, "모두가 다 때의 그림자"가 되는 셈이다. 모두가 다 때의 그림자라는 말은 곧 삶이란 운에 좌우되기 때문에 운에 맞겨야 한다는 말은 아니다. 그것은 자기에게 다가오는 운명을 적극적으로 수용하여 그것을 향유할 것을 권유하는 것이다. 때를 향유한다는 것은 행운이 오건 불운이 오건 그것을 능동적인 에너지로 삼아서 자신의 삶을 개척한다는 것이다. 이러한 삶은 고독하고 고통스러운 것일 수도 있지만, 또한 니체가 말한 운명애運命愛, Amor fati처럼 창조적인 삶일 수도 있다. 오롯이 자신의 인생을 관조하면서 그것을 사랑하기 때문이다. 또한 그것은 다음 시처럼 나무의 삶일 수도 있다.

물처럼 굽이굽이 돌아가라고
바람처럼 너울너울 사르라고
다들 그렇게들 사노라고
세상은 말하는 데
여린 싹 하나
벼랑길 이고지고 한 평생
제 빛깔 꽃 피우고
이제는 모두가 떠나간 광야
나 홀로 운명에도
보이지 않는 발자국 소리
미소로 기다리는
한 그루 고목이여
상선上善은 약수若樹다
나는 나무처럼 살고 싶다.
　　　—「상선은 약수다」 전문

상선약수上善若水라는 노자老子의 경구를 비틀어 상선약수上善若樹라는 말을 만들어내고 있는데, 발상이 기발할 뿐만 아니라 시적 깊이까지 담보하고 있다. 시인이 추구하는 삶은 노자의 상선약수上善若水라는 잠언이 함축하고 있는 것처럼 "물처럼 굽이굽이 돌아가라고/ 바람처럼 너울너울 사르라고/ 다들 그렇게 사노라고" 하는 삶의 방식을 거부한다. 세상에 순응하고 순리를 거스르지 않는 평범한 삶을 거부하는 것이다. 그리고 약수若樹의 삶을 지향하는데, 그것은 "여린 싹 하나/ 벼랑길 이고지고 한 평생"을 살아내는 그러한 삶의 방식이다. 시인이 약수若樹의 삶을 지향하는 까닭은 그러한 삶이 "제 빛깔"의 "꽃"을 피울 수 있기 때문이다. 자신만이 지니고 있는 개성과 고유성을 실현할 수 있는 삶의 방식이 곧 약수若樹의 삶의 방식인 셈이다. 또한 그것은 "이제는 모두가 떠나간 광야/ 나 홀로 운명에도/ 보이지 않는 발자국 소리/ 미소로 기다리는/ 한 그루 고목이여"에서 알 수 있듯이 다가오는 운명을 사랑하는 운명애적 삶이기도 하다. 약수若樹로서의 삶이란 곧 자신의 삶의 주인으로 자신의 삶을 사랑하는 아모르파티로서의 삶의 실천이기도 한 셈이다. 물론 이러한 운명애적인 삶이란 곧 다음 시처럼 자유로운 삶이기도 하다.

꽃은 눈 녹는 곳에서 피어나고
까마득하여 별
우리는 하나다 세우는 핏대는
살얼음 빙판
꿈의 뿌리를 불태운다.
거리를 두시라
그대 아닌 것들과

숨죽인 아픔이 절뚝이는 곳까지

더 멀리 거리를 두시라
그대 자신과는
고래의 허기가 잠드는 그날까지
거리를 두시라
지푸라기 순간이라도
존재하는 것들은 다 거리를 둔 덕분
거리가 존재다.
　　　　―「거리가 존재다」 전문

　여기서 '거리'란 곧 여유의 다른 말이기도 하고 관용과 포
용의 뜻을 담고 있기도 하며 성찰과 관조의 의미를 함축하
고 있기도 하다. 시인이 이러한 거리를 강조하는 것은 그러
한 거리에서 꽃이 피어나고 별이 반짝이며 빛날 수 있기 때
문이다. 그렇다면 너무 가까운 거리는 어떻게 되는가? "우
리는 하나다 세우는 핏대는/ 살얼음 빙판/ 꿈의 뿌리를 불
태운다"는 시구에서 알 수 있듯이 거리를 무시한 합일과 일
체는 언제나 살얼음을 걷는 것처럼 불안과 위험을 내포하
고 있는데, 그 이유는 「상선은 약수다」라는 시에서 강조한
"제 빛깔(의) 꽃"을 피울 수 없도록 억압하기 때문이다. 그
러니까 너무 가까운 거리는 개성과 고유성의 생명력이 발
현될 수 없도록 하는 압박과 폭력으로 작용할 수 있는 것
이다. 그래 시인은 "거리를 두시라/ 그대 아닌 것들과/ 숨
죽인 아픔이 절뚝이는 곳까지" 라고 하면서, 더하여 "더 멀
리 거리를 두시라/ 그대 자신과는/ 고래의 허기가 잠드는

그날까지"라고 자기 자신과도 거리를 확보할 것을 강조하고 있다. 이러한 사유는 곧 자신의 삶이란 자신의 의지만으로 꾸려갈 수 없으며, 앞에서 강조한 다가오는 운명을 향해서 개방되어 있다는 것을 의미한다. 그러니까 타자에 의존하지도 않지만, 자신의 삶에 지나치게 집착하는 삶 또한 결코 자유로올 수 없음을 강조하고 있는 셈이다. 이러한 삶의 태도는 욕망에 집착하는 현대인들에 대한 시인의 날카로운 풍자가 향하던 지점이기도 하다. 결국 시인의 풍자는 이러한 주체적이고 자유로운 삶의 향연, 운명애적 삶을 위한 여정이었던 셈이다. 마지막으로 아름다운 표제시를 읽어보자.

동백은 지지 않는다
보이지 않느냐
엄동에 부릅뜬 눈동자
겨울을 떨치는 외로운 투신이다

벚꽃은 지지 않는다
들리지 않느냐
대지를 울리는 아우성
새 봄 외치는 척후의 나팔이다

꽃 진다 말하지 마라
세상에 지는 꽃은 없다
죽어 다시 피어나는 몸부림이
진정 꽃이다

―「세상에 지는 꽃은 없다」전문

　시인이 "동백은 지지 않는다"라고 하거나 "벚꽃은 지지 않는다"라고 하면서 결국 "세상에 지는 꽃은 없다"라고 진술할 수 있는 것은 동백이나 벚꽃이 바람과 같은 외부의 힘에 의해 몰락하면서 마음이 꺾이거나 좌절하지 않기 때문이다. "엄동에 부릅뜬 눈동자"라든가 "대지를 울리는 아우성"이라는 표현에 주목해 보면, 동백이나 벚꽃은 의지적 존재로 그려져 있는데, 이러한 구도로 인해서 그들의 낙화는 자발적이고 능동적인 것으로 해석된다. 그러니까 동백이라든가 벚꽃 등의 세상의 꽃들은 자발적인 낙화를 통해서 세월의 흐름에 순응하면서 자연의 이법과 섭리를 실현하는 과정에 동참하는 셈이다. 결국 자신의 삶이 짊어져야 할 운명을 적극적으로 수용하면서 그것을 의지적으로 실현하고자 하는 운명애적 삶, 곧 주체적이고 자유로운 삶을 실현하고 있는 것이다. 시인은 이러한 삶에 대해서 "겨울을 떨치는 외로운 투신이다"라고 하거나 "새 봄 외치는 척후의 나팔이다"라고 하면서 주체적인 삶이 실현하는 생명성의 고양을 암시한다. 그리고 "죽어 다시 피어나는 몸부림이/ 진정 꽃이다"라고 하면서 자신의 욕망과 집착을 벗어나 운명을 받아들이는 것이야말로 자신의 온전한 본성을 실현하는 삶이라는 것을 강조한다. 시인의 문명비판과 사회비판, 그리고 세속적 인간의 속물적 삶에 대한 비판이 궁극적으로 향하는 지점이 여기에 있을 것이다.

김 병 수

김병수 시인(1962년 생)은 충남 논산 출신으로 강경상고, 성균관대와 암스테르담대에서 공부했다. 행정고시 30회 출신으로 정보통신부, 지식경제부, 국무총리실에서 30년 근무하였다. 2020년 계간 『계간문예』로 등단하였고, 현재 Passion · Open · Strategy · Try를 핵심가치로 하는 《라이브 POST 경영연구소》를 운영 중이다.

김병수 시인의 첫 번째 시집인 『똥밭길 먼 새벽을 걷는다』에 이어서 그의 두 번째 시집인 『세상에 지는 꽃은 없다』는 우리사회와 현대문명에 대한 현상학이자 해부학이라고 할 수 있다. 아울러 풍자와 해학을 통하여 깊은 울림과 감동을 자아내는 '촌철살인寸鐵殺人의 미학'을 보여주고 있다.

이메일 kbsrokk@daum.net

김병수 시집

세상에 지는 꽃은 없다

발 행	2024년 1월 5일
지 은 이	김병수
펴 낸 이	반송림
편집디자인	반송림
펴 낸 곳	도서출판 지혜, 계간시전문지 애지
기획위원	반경환
주 소	34624 대전광역시 동구 태전로 57, 2층 도서출판 지혜
전 화	042-625-1140
팩 스	042-627-1140
전자우편	eji@ji-hye.com
	ejisarang@hanmail.net
애지카페	cafe.daum.net/ejiliterature

ISBN	979-11-5728-531-0 03810
값	10,000원